FEL Y MOROEDD

SIONED ERIN HUGHES

Argraffiad cyntaf: 2025

ISBN: 978-1-911584-97-1

Cyhoeddwyd gyda chymorth ariannol Cyngor Llyfrau Cymru.

Cyhoeddwyd gan Gyhoeddiadau Barddas.
www.barddas.cymru

Clawr: Dafydd Owain (Cyngor Llyfrau Cymru)
Gwaith Celf y Clawr: iStock
Dylunio a Chysodi: Adran Ddylunio Cyngor Llyfrau Cymru

Argraffwyd gan Wasg Gomer, Llandysul.

Cyhoeddiadau
barddas

FEL Y MOROEDD

SIONED ERIN HUGHES

Cyhoeddiadau
barddas

I Mam, Dad a Dafydd

CYNNWYS

Yn fwy na dim,
mae gennym ni hyn ...

AMSER CHWARAE

Er i'r gloch ganu,
dal i drwytho wnes i
mewn byd o gacenni mwd,
hopsgotsh a dens.
Ddaeth 'na neb i chwilio
am yr un fach
oedd yn plethu drwy'r coed
a'i gwallt yn chwifio
fel rhyddid o'i hôl.

Ei sŵn sy'n aros;
ei chnùl tragwyddol
fel bys stowt yn pwyntio.
Ond wrth wylio pilipalod
yn caru mewn cylchoedd,
a gwenoliaid yn chwarae tag
ym mrig yr hwyr,
gwn mai nhw sy'n deall.
Gyda'r rhain mae fy lle.

PLENTYN MIL O LIWIAU

Ro'n i'n blentyn mil o liwiau,
yn danchwa o hyder,
yn hidio dim am bethau hyll
y byd tra oedd hud
y dillad amryliw
yn wasgfa braf amdanaf.

A phan lawiodd y drwg
ar ddillad fy arddegau,
disgyn ymaith wnaeth y dagrau.
Ro'n i'n sych grimp
yn fy mhinc a melyn;
roedd lle i fochel
dan gotwm a brethyn.

Heddiw, mae'r haul
yn floedd oren.
Af ato i ddawnsio
yn fy nghoch crib ceiliog
a 'mhorffor bysedd mwyar.
Mae 'nghalon yn drwm,
ond fy nillad, fel erioed,
sy'n ebychnod o lawenydd,
yn cynnal pwysau'r dydd.

LLOFFT CWPWRDD EIRIO

I Elain, Mari, Rhian a Siôn

Dwi'n ein gweld ni rŵan;
pump wedi ein pacio'n dynn
fel bisgedi bysedd siwgr
yn y gwely dwbl bach.
Ambell rech, ambell sgrech
a chwerthin heb ei heintio,
ein coesau wedi eu lapio
fel hen wreiddiau i'w gilydd.

Dyma lofft y Fleur-de-lis,
y fformeica oer a'r oren piblyd.
Llofft cwpwrdd eirio;
ei glecian cyson a'i duchan distaw.
Llofft ogla cadw,
ogla cotwm yn cnesu.
Llofft hen hafau, gaeafau a fu,
llofft fy ddoe, a dwi'n gweld ei cholli.

DWI'SIO GÊM O COOKING MAMA

Dwi'sio gêm o Cooking Mama.
Dwi'sio bwydo'r Nintendogs,
a sgwn i ydi Tamagotchi
yn medru atgyfodi?
Be am roi batris yn y Bop It
a pholisho'r Polly Pocket, hefyd?
Mae'r iPod ym mol y drôr –
Justin Timberlake 'ta Kelly Clarkson?

Ga i slîpofyr efo'r Genod Mawr
a gwrando ar straeon 'sbrydion
yng ngolau Lava Lamp?
Gawn ni *midnight feast*, Mam?
Jest Tangfastics, addo!
'Na i ddeud pwy dwi'n ffansïo
os ti'n deud gynta, Mari!
A na chei, Elain,
chei di ddim mynd i gysgu.

Am un dydd,
gawn ni roi tro ar hyn i gyd?
Gawn ni smalio mai twyll
ydi tyfu i fyny
a bod ein plentyndod
yn aros i ni ddychwelyd ato
i chwarae eto, am un dydd?

DWYN I GOF

I'm chwiorydd

Dwi'n cofio sŵn
eich traed ar y grisiau,
cofio nabod
nodau eich camau
a sut roedd y siffrwd
yn anadl pob un ohonoch
damaid bach
yn wahanol.

Anodd meddwl,
bryd hynny,
am weddill ein hamser
heb fyw dan yr un to.
A heddiw, mwy fyth
o nabod sydd rhyngom,
ond hiraeth hefyd
am gael bod fel y buom.

RO'N I'N SAITH UNWAITH

yn stremps *Factor 50*,
yn creu dens mewn llwyni.
Dyddiau oren y Capri-Sun
a chlustiau tanjerîns,
dyddiau melyn y blodau menyn
ac ogla cnau coco'r eithin.

Ro'n i'n saith unwaith
a'r haf yn ymestyn
fel toes o fy mlaen.
Dyddiau o dywod
dan gynfas y gwely,
breichledi llygad y dydd
a hufen iâ drud Cricieth.

Heddiw, dwi'n saith ar hugain,
a'r dyddiau weithiau
sy'n digwydd,
ac yn diffodd.
Ond fydda i'n dal i gofio
fel ro'n i'n saith unwaith
a'r dyddiau'n para,
yn herio'r nos,
yn gyndyn o orffen.

EIRIN GWLANOG

I Tem

Roedden ni'n licio beicio,
ti'n cofio?
Lawr o Langwnnad i Benllech,
pan oedd y byd
wedi chwipio
eirin gwlanog o galonnau,
a denig at y môr
oedd yr unig beth ar ôl.

Roedden ni'n blant yno,
yn driw i'n hoed
am un Sadwrn.
Roedd y gwymon
yn gwybod amdanom,
y tywod yn nabod ein holion
a'r dŵr halen yn tendio ein briwiau.

Ein Sadyrnau ni'n dwy
oedd fy hapusrwydd,
fy nhristwch,
fy nhryblith,
fy heddwch.

Ac er ein bod ni'n brifo,
dwi'n mynnu cofio
mor barod oedd fan'na
i'n mwytho.

Roedden ni'n blant yno.

PLENTYNDOD

Mor barod ro'n i i'w adael.

Ei ollwng fel carreg
i wely'r afon
a'i adael yno
i ddelwi,
yn dlws o'r lan
ond yn bryfetach i gyd
o fynd yn nes
a'i throi drosodd.

Ond heddiw,
mae ym mhopeth:
yn fy angen
am fwytha fy mam
a Nins* fy nhad;
yn fy awch
am Viennetta tŷ Nain
a sachau pys rar Taid.
Yn fy mhang
am rasys y cychod brwyn
a'r te bach ar y teisi gwair.

Mor barod ro'n i i'w adael
a'i daflu gydag ergyd,
ond heddiw, gwn, dan garreg afon
bod aur yn cuddio hefyd.

**Nins ydi enw annwyl fy rhieni arnaf.*

PAN OEDD

Pan oedd fy meddwl
wedi torri
a phydredd yn tyllu
at fy esgyrn
fel pry drwy bren;
a phan o'n i'n cronni
fy nhipyn nerth,
dim ond i'w golli
i'r anadl nesaf
fel dyrnaid o dywod
i'r môr mawr.

Pan oedd edrych arna i
fel gwylio'r haul
yn cael ei saethu,
fel colli gwres
a lladd golau;
a phan oedd fy llygaid
yn gwneud ichi wrido
yn goch, anghynnes

am eu bod nhw'n siarad
am bethau trist
nad oedd calonnau
yn gallu eu dal.

Pan oedd hyn i gyd,
ro'n i'n annioddefol,

ond fyth heb gariad.

BANGOR UCHAF

Dod yn ôl
ydi gweld hen gariad
o oes arall
a theimlo pry'r gorffennol
yn dodwy dan fy nghroen.
Mae fy esgyrn yn brifo,
fy nhrem yn gostwng
a dwi'n llosgi o hiraeth
am yr un peth
na ddymunwn i fyth
ei gael yn ôl.

Dod yn ôl
ydi cofio'r caru pur
ond cur cryfach,
y nosweithiau o yfed
i iechyd
wrth golli fy mhen fy hun.
Dod yn ôl
i fesur y pellter
rhwng rŵan ac oes a fu.
Dod yn ôl
i basio drwodd yn unig.

LLENWI'R NOS

Mi alla i wneud y gwaith.
Sbydu'r cyfan ar bapur
nes bod mellt yn fy llaw
ac inc yn gwaedu'n fy meddwl.

Mi alla i adael i bethau fod.
Baricedio'r gwayw
yn y lle pell hwnnw
nad oes wiw imi ei gyffwrdd heddiw.

Mi alla i dderbyn
cymaint oedd ar ôl i'w ddweud.
Mi alla i ddeall
nad oedd dim ar ôl i'w roi.

Ac eto, pan fydd nos yn troi
ei photas o freuddwydion,
yn ôl y daw i lenwi 'nghwsg
o archoll boeth y galon.

TÁ BRÓN ORM

Dyma a ddywedir mewn Gwyddeleg i gyfleu tristwch. Mae'n cyfieithu'n llac i 'mae tristwch arnaf', yn hytrach na'r geiriau 'dwi'n drist'.

Mi wna i dy gario
ar fy nghefn –
mae gen i sgwyddau
llydan fy nhad
a phwyll fy mam.

Does dim brys
iti adael y tro hwn;
mi wna i dendio arnat,
dwi wedi dysgu
mai drwy deg mae dofi.

Gad imi dy gario
at gyfamod,
dy swcro fel cyw deryn
tan i mi deimlo,
ar fy sgwyddau,
dy afael di'n troi
o ddwylo sy'n oer
i ddeall sy'n dlws.

PRYFYN TÂN

'Hope is optimism with a broken heart' Nick Cave

Dydi gobaith
ddim yn goelcerth
o olau –
gobaith
ydi'r pryfyn tân
olaf un
sy'n gwibio'n ddall
drwy'r du,
sy'n bitw bach
ac yn lloerig gan ofn,
ond sy'n dal i fynnu aros
wrth i'r fflam olaf
ddiffodd.

DARNIO'R DYDD

Roedd y dydd yn damaid
rhy fawr i'w dreulio.
Ro'n i'n ddoli glwt,
pob symudiad yn llipa
a 'nghorff
fel babi heb ei ddwmi.

Oes rhaid imi lyncu
pob dydd yn gyfan?
Beth am ei dorri'n sgwariau
fel cacan ffenast Mam
a'i werthfawrogi'n araf,
ddarn wrth ddarn?

Dwi'n rhoi cynnig arni,
yn gafael ym mhob darn
â rhyfeddod babi
a gofal origami,
ac yn cofio drachefn
bod aur mewn arafu.

MADDAU

Pryd newidiodd pethau?
Clywed y geiriau
'Nid dy fai di'
a'u credu y tro hwn,
gan mai chdi oedd yn deud.

A sut deimlodd y credu?
Fel mil o faddeuon mewnol.
Fel tynnu hen groen,
codi coelcerth a gwylio'r llosgi.
Fel agor llenni, derbyn yr haul
a gwneud ffrindiau drachefn
efo'r golau gwyn.

RÊVERIE

Darllenais unwaith rywun yn diffinio'r gair fel 'the life of a yearner'

Mae olion tu mewn imi
sy'n llawn cur,
rhai sy'n hiraethu am bethau
na cha i fyth eu hadnabod,
pethau sydd, efallai,
ddim hyd yn oed yn bod.
Dyma'r olion sydd isio crio
ar bob cyfarfod,
cyfarchiad,
cyffyrddiad.
Maen nhw'n brifo o gofio
harddwch y cread.

Weithiau, fydda i isio dileu
yr olion hyn,
fel ysgwyd Etch A Sketch.

Droeon eraill,
dwi'n tramwyo,
'nôl a blaen,
eilchwyl,
drachefn,
i gael teimlo eto'r cryndod
sy'n dod
o fod
yn fyw.

FFYDD A GOBAITH

Gwelaf ben y naill
ar ysgwydd y llall
a'u hwylo sy'n gur
yng nghefn fy llygaid.
Mae heddiw'n racs
a fory'n farc cwestiwn
ar dalcen y ddwy.

Drwy'r craciau, y tir
sy'n sugno gwaed
y plant,
a sgrechiadau Annwn
eu rhieni
sy'n rhwygo'r awyr
wrth i'r mwslin
faeddu.

Mae'r ddwy yn codi
a gwelaf ddibendrawdod
eu llygaid duon.

Drwy'r drin,
mae eu lleisiau'n cario
ac yn cracio
fel diwedd byd.
Mae'r ddwy yn codi
a gadael eu henwau
yn y llwch o'u hôl.

LLAIS YN TORRI

Pan dorrodd ei lais
mi deimlais y sêr
yn chwalu,
fel ffiws yn chwythu.
Un wrth un,
peidiodd
pob arian bach,
a disgynnodd y lleuad
fel ceiniog i'r drysni
odanodd.

DYNA DDIGON

Un diwrnod,
gollyngodd y blodau
eu pennau
a pheidiodd y gwenyn
â gweithio.
Cysgodd yr haul
yn rhy hwyr,
trodd y coed
yn siafins
a chollodd
yr adar eu lleisiau
i grafanc afiechyd.
Llyncwyd y môr
gan y mawrion
a disgynnodd yr awyr
fel llenni
ar ddiwedd ffars.

Un diwrnod,
dywedodd y ddaear ei hun:
'Dyna ddigon.'

TŶ GALAR

Mae'r crynu lleiaf
yn ei dwylo
wrth ddod â'r baned draw.
Llestr tsieina,
a'r rhimyn
yn aur perffaith
ond yn fregus
fel y dydd ei hun.

Mae hi'n wenog,
isio siarad amdana i
ond yn gwybod hefyd
na chlywith hi 'run gair.
Dwi'n gofyn a ydi hi'n cysgu:
'yn y diwadd, yndw'.
Mae ei llygaid draw
yn rhywle sy'n ddiarth i mi.

Mae *candy peel*
yn y bara brith
ond dwi'n dal i bigo,
yn derbyn ail ddarn,

unrhyw beth i gael gweld
rhyddhad fy ffrind
o allu gofalu
am rywun arall.

Ac eto,
alla i mo'i ddiodda –
y tendio te parti
heb ddim i'w ddathlu.
Dwi'sio iddi eistedd
a datod,
dal ei chalon
yn ei dwylo crynedig
a'i dangos imi, gan ddweud:
'yli, dyma faint dwi'n ei ddiodda'.

TALU'R PRIS

Mae gen i ofn colli.
Dwi'n rhwbio eli drud i ddwylo Mam,
mae Nhad yn cael sws 'sdawch ar ei dalcen,
bob nos yn ddi-os.
Mae'r cŵn yn cael cysgu'n y gwely,
ac mae coflaid ola'r dydd i'm cariad
yn hirach na'r gweddill – tynnach, hefyd.

Dwi'sio cadw'r cyfan i gyd.
Cha i ddim, wrth gwrs –
ond dwi'n addo,
braint ydi ei deimlo fel hyn;
profi cariad mor gryf,
mae'n teimlo fel colli'n barod.

YMYLON PETHAU

Mae Taid mewn crys slac.
Taid sy'n ddyn crys coler
lliw crymbl a hufen dwbl,
dyn dillad y Sul
drwy gydol yr wythnos,
ond mae Taid mewn crys slac.

Rydan ni'n crosio sgwrs
am batrymau'r barrug,
stents a *valves*
ac *O! tyn y gorchudd.*
Fel hediad deryn
drwy'r siarad,
mae rhywbeth yn tarfu,
yn crynu ar ymylon pethau.

Ond does dim angen dweud
lle mae deall.
Mae'r gair ma-wr (-rw)
yn distewi
ac mae bywyd yn gweiddi
yn y dyn hwn.
Rhyfedd, felly,
sut mae calon wan
hefyd mor wych o gryf.

DIWRNOD GOLCHI

Dwylo gwaith sydd gan Mam,
dwylo magu a chario a sgwrio.
Finnau'n eu tylino weithiau
a 'studio'r rhychau
sy'n gwenu drwy'r cledrau,
yn llafur cariad i gyd.

A heddiw, ar ddiwrnod golchi,
fydda i'n edrych arni o bell,
yn gosod y dillad i sychu
yng ngwynt traed y meirw,
ei dwylo'n symud yn reddfol
drwy'r gwaith a phob hosan
yn dawnsio fel clustiau Wcw y ci.

Mae'r haul yn ddistaw drwy'r dillad,
y golau'n ysgafn,
fel papur sidan
dros ei hwyneb,
a'r dwylo'n symud
i ryw hen adnabod yn ei chalon.

Dwi'n edrych arni ac yn gwybod
fod Mam yn fam erioed,
cyn yr un babi.
Mae Mam yn fam drwyddi.

GWENLLI MAIR

*'Tonnau'n uwch na to tŷ ni'**

Cân i ni ydi hi,
un i'w chanu
efo tân a hwyl
a hiraeth llongwr.
A'r geiriau
fel agor môr
yn fy nghalon
a theimlo
cariad yn tywallt
drwy'r ewyn,
ac angerdd
yn racsio
drwy'r heli.

Gawn ni floeddio
am ganu'n iach
a gweld y byd
bob dydd?
Mewn car
efo'r haul

drwy'r gwydr
a'r dydd
yn feddal drwyddo,
dwy ffrind yn canu
â hiraeth llongwr
am fynd i ffwrdd i forio.

**Hoff linell Gwenlli yn ein cân ni – 'Tre' Porthmadog' gan Bryn Fôn.*

MAGI ELIN

Mi ddysgon ni
sut i gerdded
o ddal llaw y llall.
Drwy'r ysgol,
chdi'r benfelen dlos
a fi'r fadam geg gam,
ond rhyw nabod cyfrin
yn ein cadw'n dynn,
fel y gafael hwnnw
yn fy llaw
wrth gamu gyntaf
ar y byd.

'Dan ni'n dal i fynd,
yn dal i greu dyddiau
sy'n sêr i'r enaid,
yn dal i chwerthin
nes i'n hochrau frifo,
yn dal i gofio ddoe
a dyheu am filoedd
o ddyddiau eto
o gael bod fel hyn;
efo'n gilydd,
wastad o fewn gafael
i law y llall.

DEUDDYDD EFO’N GILYDD

I genod coleg

’Dan ni’n siarad am boenau cefn,
raised beds a phris mafon.
Mae un yn brolio hirhoedledd Crocs,
llall yn canmol *dewy glow drops*
cyn i’r sgwrs droi at *Factor 50*,
IBS, cadw ieir a chawsiach Aldi.

‘’Di’r tŷ yn altro?’ ‘Ti ’di trio te rhydd?’
‘Dwi’n ffonio Mam deirgwaith y dydd!’
‘Ti ’di cymryd y *chop*! Ti’n edrach yn *French*.’
‘Ti’n sgwennu llyfr? Ydw i’n cal mensh?’
‘Dwi’n gwely am naw, cysgu mewn dim.’
‘Dwi ’di tynnu wbath ar ôl taclo chwyn.’
‘Mor ifanc, ti’n cofio? Gwyn ein byd.’
‘Ma’r dyddia mor glir, dwi’n eu cofio i gyd.’

Dwi’sio cau’r eiliadau yn fy nyrnau
a’u gwasgu i mewn i ’mhocedi –
reit at y gwaelod a’u llenwi i’r top.
Dwi’sio bachu’r chwerthin,
cipio’r jôcs a rhwydo’r cyffyrddiadau bach.
Dwi’sio cadw’r cyfan, bob perl o heno,
a’u gwarchod efo ’mywyd rhag anghofio.

MAGI DAFYDD

Mae Magi yn flwydd
a'i byd sy'n swsus clec
a stwnsh afocado,
codi llaw
a chlapio dwylo,
Mam-Mam-Mam
a llusgo llawr,
rhoi o-bach
a mwytha mawr.

Magi sy'n flwydd
a fi sy'n rhyfeddu
ar y môr a mwy
yn ei llygaid soseri –
gwlad arall, brafiach
sydd lond eu glesni,
a diniweidrwydd
sy'n lledrith drosti.

ELDRA

Mae hi'n chwyrnu
ym mreichiau breuddwyd,
yn sgytio weithiau, hefyd.
Ei chorff sydd yn rhywle arall –
yn rhedeg drwy'r twyni ym Mhorth Neigwl
neu'n gwasgu drwy dwneli'r dyfrgwn
yng nghae'r afon.

Mae'r blanced drosti
yn dal ei hanadl,
yn codi a disgyn
fel y tir yng nghae'r gors.
Bachaf eiliad o'i llygaid
cyn eu colli eto i afael cwsg –
eiliad o enaid
ym meddalwch
ei llygaid mesen.

Ei chael hi'n deffro wedyn,
dyna sydd orau.

Arogl pobi ar ei phawennau
a hithau'n ymestyn,
yn clecian y nos o'i hesgyrn.
Synau bodlon, braf
wrth iddi wahodd golau'r bore
i gocŵn ei gwely bach.

Minnau'n gwirioni
ar gael diwrnod arall efo hi.

WCW

Yn sioncyn gwair mewn corff ci
mae'n llamu drwy'r tyfiant,
ei goesau pitw bach
ar drugaredd ei feddwl chwim.

Clywaf ei anadl yn fratiog
yn ei lwnc, a daw sbec
o'i glustiau mawr i'r fei,
yn dafelli bacwn ar y gwynt.

Gydag un naid ddewr,
Wcw sy'n glanio yn un lwmp
o hwyl a bwrlwm
yn fy nghôl.

Teimlaf ei galon fach yn dyrnu,
y galon sy'n gwirioni
ar dyllau cwningod
a llwybrau defaid.

Swsus sydyn wedyn –
rhai gwirion, gwyllt a gwlyb,
ac i ffwrdd â fo eto
i garu mwy ar y byd.

FEL Y MOROEDD

Cyn troi'n gariad
roedd o'n gyfarwydd,
fel mynd yn ôl
at lan môr Nefyn
ar ôl mygu
mewn diwrnodau
heb donnau.

A phan drodd
y cyfarwydd yn gariad,
roedd o'n llonydd;
y dŵr yn hepian
yn ddistaw, ddi-lol,
byth yn ymffrostio
yn ei lwc ei hun.

Mae'r tonnau'n codi weithiau,
nid mewn ffrae
ond mewn angerdd.
Minnau'n dysgu, yn ara bach,
nad ydi'r ddau beth
yr un fath.

GOSOD CORCYN

Gawn ni siarad
am briodas las
yr awyr a'r môr?
Gawn ni wrando
ar y cewri
sy'n chwyrnu
dan y ddwy garn?
Weli di wreiddiau'r coed
yn dal dwylo?
Glywi di'r afon
sydd byth yn blino?

Gawn ni adael y ffrae
ar ei hanner?
Gosod corcyn arni
a'i gwthio i gefn
y cwpwrdd-dan-sinc
i gallio'r swigod.
Mae heddiw'n rhy braf
i fod yn bigog;
mi gadwan ni'r garw
at ddiwrnod glawog.

BWRW'R SUL

Ac yn fwy na dim,
ein boreau Sul.
Chdi efo dy goffi
a finnau fy llyfr,
melancoli'r glaw
yn chwarae ar y ffenest
a dim gair rhyngom.
Dau gi ar goll
yn synau bach eu cwsg,
a melyn gwan
wedi ei daenu dros y gwely
wrth i'r haul drio
a methu.

Yn fwy na dim,
mae gennym ni hyn.

CADW-MI-GEI

'Dan ni'n hel gleiniau ein dydd
i gadw-mi-gei:
cwsmer difyr gen ti,
e-bost ffeind gen i.
Sawl coffi gest ti cyn teimlo'n effro?
Lle est ti heddiw â'r cŵn am dro?
Gest ti ginio ista lawr 'ta *on-the-go*?

Mae wyth yr hwyr yn olau,
a chyn i ddrws y nos gau
mi awn ni'n dau at yr afon.
Fesul 'chydig gamau,
gwelaf geiniog arian yn disgyn
o gadw-mi-gei y dydd.
Erbyn cyrraedd pen y daith,
bol y mochyn sy'n wag.

Ond dyma dwi'sio'i ddweud:
Mae'r daith yn ôl mewn tawelwch
lawn cystal â'r dro yno mewn elwch.

DWI'SIO FFENEST FAWR

Mi wna i fyw ar ychydig
a gwybod ei fod yn ddigon,
ond rho imi un ffenest fawr.

Mewn breuddwyd,
daeth y golau drwyddi
yn felyn perffaith,
lliw gwellhad.
Agorais hi'n ara
a daeth iechyd
yn awel fwyn
i'm deffro.
Drwy'r gwydr, gwelais
farblen o fôr
a mynyddoedd fy adra
a dewis
aros.

Rho imi un ffenest fawr,
a'r un fydd y dewis bob tro.

DWI'N FAMOL WEITHIAU

Pan fydda i'n rhoi siwgr i'r gwenyn,
yn achub cyw deryn,
yn rhannu melon dŵr efo'r ieir,
yn symud malwen o lwybr ceir,
yn sbio i'r enaid sydd yn llygaid fy nghŵn,
yn cau fy chwiorydd mewn coflaid cocŵn,
yn cael ffrind i chwerthin o fin ei dagrau,
yn llenwi fy mol efo 'mhrydau gorau.
Pan fydda i'n famol, clwy sy'n cau –
gafaelaf yn dynn yn yr Erin iau.

TUA'R MYNYDD

Dwi'sio mynd tua'r mynydd –
wnaiff fy nghoesau i mo 'nghario;
ond fy nychymyg sydd eisoes
yno'n dringo drwy'r mieri,
heibio i'r tai crynion,
dros gerrig hen a gwyrddni haf.

Dwi'sio mynd tua'r mynydd –
wnaiff fy nghoesau i mo 'nghario;
ond mae f'enaid yno'n barod,
ar y copa yn ylwch-chi-fi o dalog,
a'r byd odanodd yn wenog dan awyr Mai.

Dwi'sio mynd tua'r mynydd –
ond wnaiff fy nghoesau i mo 'nghario;
felly sgwennaf gerdd rhag colli calon.
Codaf fynyddoedd lond fy mhen
wrth aros i'm coesau ddeffro drachefn.

HEL AM STORM

Pan mae'r awyr yn cleisio
a phob awgrym o las yn diffodd;
pan fydd cymylau'n gwasgu'r glaw
yn eu dyrnau duon;
a phan fydd tyllau'r pridd
yn agor i synhwyro'r newid
a'r gwellt yn anadlu'n ddyfnach
o gofio'r troeon a fu ...

Oeda am eiliad.
Glywi di floeddiau gwyddau Canada?
Dim smic, pob brefiad hefyd
sy'n peidio â bod.
Sylwaist ti 'rioed?
Cegau pawb sy'n cau'n glep
cyn storm, ac yna'n stond,
'dan ni'n dal ein gwynt,
ac yn aros.

MADLEEN

Llong y Freedom Flotilla Coalition a geisiodd dorri'r gwarchae anghyfreithlon a osodwyd ar Gaza gan Israel

Mam ydi'r môr heno,
yn magu Madleen
yn dyner
yng nghrud
ei breichiau blinedig.
Daw suo-gân o'r sêr
a'r lloer sy'n cŵan
fel colomen wen.

Cig ac esgyrn ydi pen y daith;
rhieni chaiff fyth gerrig beddi,
plant â llygaid
caled fel hoelion
a chegau 'O' fawr babis
sy'n rhy wan i grio.

Mam ydi'r môr heno,
a thra bod dynion y fall
yn rhodio'r tir,
bydd ei thonnau'n saffach
na glannau Ashdod.

'SHE'S A YOUNG, ANGRY PERSON'

Geiriau Donald Trump am yr actifydd a'r dyngarwraig Greta Thunberg

Os nad wyt ti'n flin,
wyt ti wir yn gwrando?
Wyt ti'n clywed yr anifail
yn rhuo ym mron y fam?
Glywi di freuddwydion yn marw
yn wylo'r dynion draw?

Pan weli lygaid plant
drwy sgrin dy ffôn –
llygaid hen, canrifoedd oed,
a baw y byd
wedi dwyn y chwarae ohonynt,
wedi torri eu golau
fel morthwylio'r sêr yn sitrwns;

wyt ti'n gwylio,
ond yn gwrthod gweld?
Sut wyt ti'n ymateb mwy
o weld merch flin
na chyrff marw?

ADERYN

I blant Gaza

Welaist ti 'rioed aderyn?
Nid bwganod yr awyr –
eu dur oer a'u hwyau tân –
ond pethau bach,
maint dy ddwrn,
a'u plu yn feddal
fel siôl dy fam.

Maen nhw'n llawn sgwrs!
Yn bregliach am bethau braf,
yn cario gobaith mewn cân
a heddwch ar adenydd.
Ac er i'r adar dur eu cadw draw,
dwi'n addo, maen nhw'n cofio amdanat.

CERDD I'R MÔR

Chdi sy'n dallt
beth ydi blino.
Mi ffeiriwn straeon
am gymalau blin
a chalonnau briw;
am bwysau'r byd
i ddal ati i symud
a ninnau, am funud,
isio peidio â mynd.

Mi rown ni'r pnawn i regi,
i bwysleisio'r llond bol
a'r syrffedu.
Gad i'n geiriau chwalu llestri,
malu ffenestri'n deilchion.
Gad 'ni wagio'r gwenwyn
er mwyn llacio clymau'r galon.

EIRA IONAWR

Trodd y byd
yn gromen eira.
Roedd dawns
y plu mân
yn afiaith angylion
ar y gwynt,
a'r lluwchio
yn gyfrwys o dlws
dros y tir,
fel mwclis trwm
o berlau drud.

Am un dydd,
roedd y byd
yn bluen berffaith
yn fy llaw.
Ni'n dau
a dau gi bach,
yr eira yn olion
pawennau a sgidiau
ond fel arall,
heb ei faeddu.

GWANWYN

Dwi'n ei deimlo,
nid yn swildod
y botwm crys
nac yn hyder
llygad Ebrill,
nid yn ail wynt yr eithin
nac ym mreuder briallu.

Ond ei deimlo
fel gollyngdod yn fy mêr,
fel diolch drwy 'ngwythiennau,
fel dŵr nant yn fy ngwaed,
yn groyw a glân.
Y gwanwyn ynof
sydd fel torri syched,
fel diwedd ympryd,
fel ateb gweddi.

MEDDALU

O fellt fy hunllefau,
y brifo ddaw'n ôl imi weithiau.
Ac eto, deffraf drannoeth
i fyd sy'n garedig.
Gwelaf bennau'r blodau
yn addoli'r haul,
a chân yr adar
sy'n crynu drwy eu plu.
Mae'r awel yn fwyn
fel swsus cysglyd,
a'r afon sy'n barod
i briodi'r lli.

A dwi'n gwylltio,
be sydd haru natur?
Mor oesol berffaith
mewn byd sy'n torri.
A dwi'n meddalu,
diolch byth am natur –
mor oesol berffaith
mewn byd sy'n torri.

HYN OLL A MWY ETO

Gad imi sôn am fore heddiw,
am yr adar to yn sgwrio'u plu
ym mhyllau neithiwr,
a'r ieir yn pigo'r tir
am wledd o drychfilod.

Mae'r cŵn yn cwffio
am y llafn cynhesaf
o olau ifanc y bore,
yn gofyn i'r haul
droi'r gwres yn uwch.

Fan'cw, Mam sy'n plannu,
yn codi'r blodau fel babis
a'u gosod yng ngwely'r ddaear.
Dobio'r pridd â'i bysedd wedyn
fel tycio blanced am blentyn.

Hyn oll a mwy eto
drwy ffenest fy ngharafán.
Fel porth at ddarn o Afallon
gallaf edrych drwy'r gwydr,
ar fore arferol fel heddiw,
a gwybod bod gen i bopeth.

YN EI FLAGUR

Mae'r dydd yn glir
yn fy nghof anwadal,
mor glir nes iddo wincio
o'i ddal i'r golau.
Dwi'n ei droi yn fy nwylo,
yn cyffwrdd yr eiliadau,
yn bodio'r gwenu swil
a'r geiriau ffeind.

Ro'n i'n gwisgo dyngarîs
a bochau cochion,
fy ngwallt yn flerwch taclus,
fel ro'n i'n ei licio.
Roedd dy groen
wedi dechrau euro,
a finnau'n cofio
o'n hafau tyfu fyny
mor hael fu haul Mehefin
o'r dechrau efo chdi.

Roedd y byd yn ei flagur,
yn dlws tu hwnt i ddirnad.

Ninnau'n ddim mwy
na gwenau swil
a geiriau ffeind,
wedi'n dal yn nwylo
haf addfwyn
a welodd ddechrau
pob dim sydd gennym.

GWEDDI

Dwi'n mynd i'r coed
er mwyn clywed
sŵn fy nhraed
yn sgytio'r dail,
eu sisial yn dyner
fel sgwrsio angylion.
Dwi'n arafu i wrando
ar emynau cyfarwydd
yr adar, i bwyso
ar dderwen wythiennog,
ac i redeg fy nwylo
dros arwedd ei rhisgl
er mwyn darllen ei stori.

Mae crefydd yn y golau
sy'n pipian drwy'r brigau,
ac mae'n taro'n gynnes
fel y llaw fawr, fwyn
sy'n ein dal ni i gyd.
Wyt ti'n dallt?
Dwi'n mynd i'r coed
er mwyn addoli,
dyma'r unig le
sydd piau 'ngweddi.

DUW

Dwi ddim angen ateb,
gad imi fyw yn fodlon
o fewn y cwestiynau
sy'n holi beth ydi duw.

Does dim rhaid colli cwsg;
mae'n ddigon 'mod i'n teimlo
darnau bychain ohono
ym mhopeth byw.

Ac mae bywyd ym mhopeth –
yn y dail sy'n gwisgo golau'r dydd,
yn y wawr sy'n stremp ar y pared,
yn yr awel sy'n cosi traed y llenni.

Yma mae fy nuw,
nid mewn teml na chapel
ond yn yr eiliadau aur
lle gwelaf y byd yn anadlu.

Y PETHAU SY'N AROS

Dwi'n gollwng pethau
efo pob eiliad newydd,
fel ysgwyd y tywod
o 'mhocedi, gwagio'n sgidiau –
gadael traethau ar fy ôl
wrth hel rhai newydd.

Ond am y pethau sy'n aros,
mi ddyweda i hyn:
gwres Mam sydd bwysicaf
pan fydda i'n bell i ffwrdd,
a jôc dywyll fy chwaer i dorri'r garw.
Llygaid Dad, hefyd,
sy'n feddal yn fy ngwendid,
a chydnabod swil fy mrawd
sydd ddim angen baglau iaith.

Deall distaw cariad
sy'n fôr tawel ym mhob un,
yn fy nhynnu, gerfydd calonnau
yn ôl at fy nghraidd fy hun.

LONYDD CEFN

Mae'n ddydd Sul,
y pnawn yn ymestyn
fel cath yng ngolud Mai.
Ti'n gofyn imi eto,
'Lle ma honna'n mynd?'
a minnau'n gwybod
bod rhaid iti ddilyn y cwestiwn.

Ti'n dotio at wledydd newydd
y lonydd cefn.
Mae'r cloddiau'n bochio,
yn crafu eu gwinedd ar y car;
ond y cwbl a weli
yw tân gwyllt y blodau brith.

Mae'r trofeydd yn pinsio,
yn rhoi pendro i mi,
ond chdi sy'n pensilio mwy
ar y map yn dy ben.
Daearyddiaeth dy fynd a dod,
hyd a lled dy ryfeddod.

Daw man i dynnu mewn,
lle uchel i weld Eifionydd.
Mae'r llonydd i'w deimlo
fel y chwinciad mae'r corff
yn rhoi i bwysau breuddwyd.
Ac wrth edrych i lawr ar hud y drefn,
dwi'n diolch i'r Suliau a'r lonydd cefn.

AR DDYCHWELYD

Dod yn ôl at fy nghorff
sydd fel sgwennu â'm llaw dde –
blêr, pigog, anghyfarwydd.
Ac eto, mae ôl trio,
ôl gwaed ac amynedd Job
o fewn y llythrennau
sy'n draed brain dros y dudalen.

Rhyw ddydd, daw pethau'n haws:
bydd galwad fy nghorff
fel clywed Mam yn gweiddi
fod swper yn barod,
ac o ddrysfa'r goedwig,
mi redaf drwy'r drain i'r tŷ
a gwybod 'mod i adra.

DEUD WRTHA I ETO

Fy hoff fyrbryd yn tyfu i fyny oedd dyrnaid o gyraints duon. Ro'n i wastad yn gadael llwybr o gyraints ar fy ôl a phawb yn gwylltio. Pan o'n i yn yr ysbyty, mi ddywedodd fy nhad ei fod o'n gweld colli dod o hyd i gyraints duon ar waelod ei sanau.

Deud wrtha i eto
am y pethau fydden ni'n gweld eu colli,
am y briwsion yn y pot menyn,
y sbecs past dannedd ar y drych
a'r tocyn bagiau te ar asgwrn cefn y sinc.

Deud wrtha i eto
am drugareddau'r drôr-bob-dim,
am y cyraints ar waelod sanau,
am y gwallt ar lawr y gawod
a'r ceiniogau yn yr injan olchi.

Deud wrtha i eto
am y pethau fydden ni'n gweld eu colli,
nid y mawrion, ond y manion –
arwyddion bychain o'n byw.
Deud wrtha i eto am y rheiny.

DIOLCHIADAU

Diolch i bawb sydd wedi chwarae rhan yng ngwneuthuriad y cerddi hyn. Diolch i Bethany Celyn am ei pharch, ei heangfrydedd a'i gofal digymar wrth ddod â'r gyfrol ynghyd – rwyt ti'n olygydd ac yn ffrind arbennig. I Huw Meirion Edwards, diolch am dy lygad craff a'th awgrymiadau doeth bob amser. I Marged, diolch am ddyfyniad caredig ac am dy gefnogaeth ddiwyro. I Dafydd Owain, diolch am glawr llawn calon a gweledigaeth. I Mam a Dad, diolch am wneud yn saff mai cariad sydd uwchlaw popeth yn tŷ ni. I'm chwiorydd a'm brawd, 'dan ni mor lwcus – diolch am fy nghymryd i, y chwaer waci, yn union fel ydw i. I Dafydd, Eldra ac Wcw – diolch. Dwi'n caru pob diwrnod efo chi.

Cyhoeddiadau
barddas